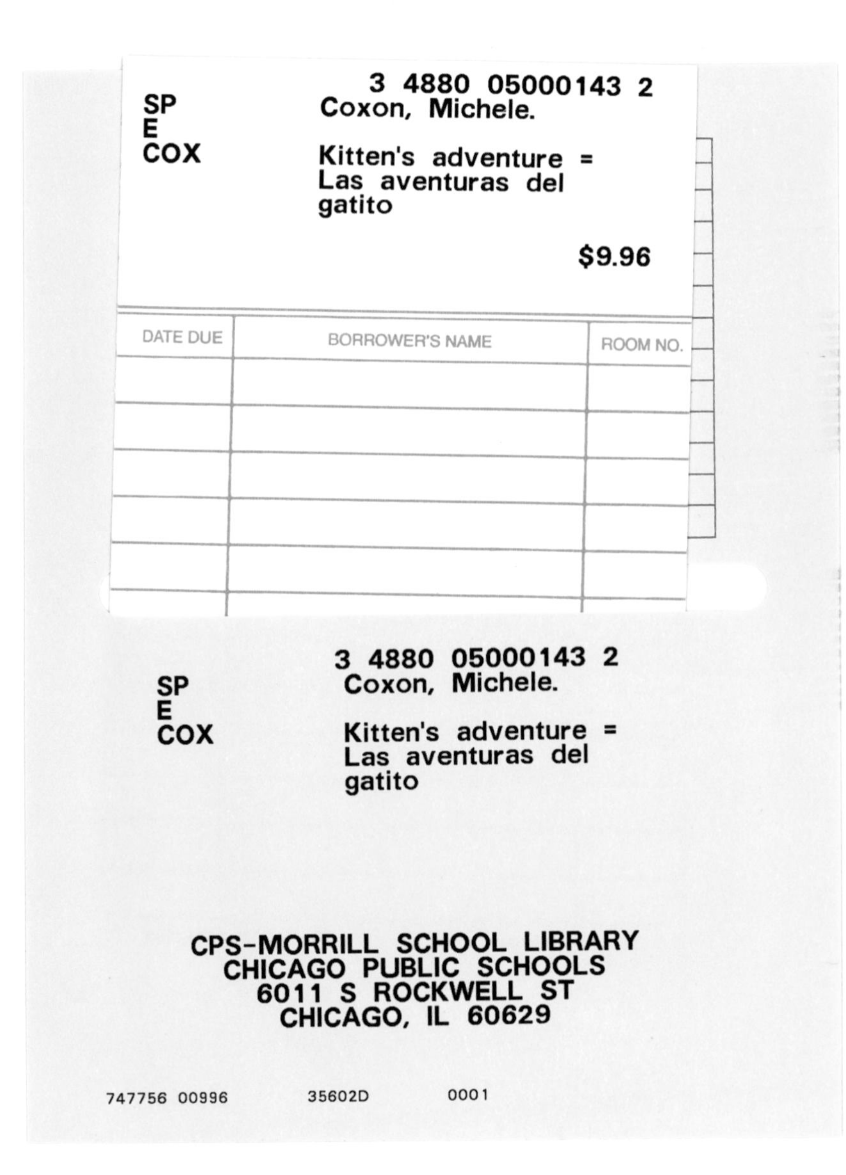

SP
E
COX

3 4880 05000143 2
Coxon, Michele.

Kitten's adventure = Las aventuras del gatito

Kitten's Adventure

Las aventuras del gatito

Para el Comandante John Mervyn Jones R.N.V.R. (retirado)
por su ayuda y cariño.

For Commander John Mervyn Jones R.N.V.R. (ret.)
for all his help and love.

Kitten's Adventure

Las aventuras del gatito

Michèle Coxon

Star Bright Books
New York

¿Dónde está el cielo?

Where is the sky?

Está aquí, allí y por todas partes.

Here, there and everywhere.

¿Dónde están los pajaritos?

Where are the birds?

Aquí.

Here.

¿Dónde están los pollos?

Where are the hens?

Allí.

There.

¿Dónde están los cochinitos?

Where are the pigs?

Por todas partes.

Everywhere.

¿Dónde están los ponis?

Where are the ponies?

Aquí.

Here.

¿Dónde están los ratones?

Where are the mice?

Allí.

There.

¿Dónde están las vacas?

Where are the cows?

Por todas partes.

Everywhere.

¿Dónde está papá?

Where is daddy?

Aquí está.

Here he is.

¿Dónde está mamá?

Where is mommy?

¡Está aquí, junto a mí!

Here and nowhere else!

¿Dónde están mi hermano
y mi hermana?

Where are my brother and sister?

Allí están.

There they are.

¿Dónde están los insectos?

Where are the insects?

Aquí.

Here.

¿Dónde están los perros?

Where are the dogs?

Allí.

There.

¡Buenas noches! ¡Dulces sueños!

Goodnight. Sleep tight!

First published in Great Britain in 1997 by Happy Cat Books.
First published in the United States of America in 1998 by Star Bright Books, New York.

ISBN-13: 978-1-59572-048-1
ISBN-10: 1-59572-048-0

Library of Congress Catalog Card Number: 2006921845

Printed in China
10 9 8 7 6 5 4 3 2 1